꽃다발 같은 말들은 지지 않을 봄이었다

저자 양민석

목 차

PROLOG

—

포근한 햇살

선선한 바람

나무의 그늘

달빛이 아름다운 밤

그런 오늘이

편안한 당신의 하루가 되기를 바라며...

1부

———

밤

01.

바람이 분다

미리 걱정할 일 없다

그 바람은
선물일지도 모르니까

어떠한 바람일지라도
항상 머물지는 않을 테니

그러니 그냥 쉬어가면 될 뿐이지

겨울이 오지 않으려나 했는데
꾸역꾸역 참고 있던

첫눈이다

유난히 따뜻하다 했는데
펑글펑글 터쳐 떨궈지는 게
겨울이다 했네

소복소복 쌓인 눈 위로
지나온 발자국을 돌아보니
입김이 깊게 번지고

금세 눈은 비가 되어
뚝! 뚝! 떨어지더니

하얀 세상이 금세 젖어 버리네

03.

담아두기에는
아린 마음에 벅차
터져 버렸어요

그렇게 한참을
쏟아내고 나니

가득 차버린 휴지통에
쓰레기로 남아버렸네요

야심한 밤일수록

네 생각으로 가득하다

험한 하루에
마무리는 네가 되어

이제 오늘 마무리는
슬퍼할 일만 남았네

05.

선한 곳으로
걸음을 옮겨
달아나려 해

긴긴밤

어둠이 찾지 못하는
곳으로

달빛에 몸을
숨길 거야
그리고
어둠이 지면

너를 반길 거야

오늘 밤
나의 상념이

이 시간이

잡념으로
치부되지 않기를

바라는 마음입니다

07.

소란한 공간
가만히 넋 놓아
응시하다 보니
체한 것처럼
갑자기 먹먹해져

이렇게 갑갑한 마음에
울컥했어요

| 08.

지나간
스쳐 간
사랑이여

그리운 마음에
보고픈 마음에
불러도

돌아오지 않을
사랑이여

그리운 맘
보고픈 맘
묻어 버리고

빛나는 별
님이라 하고
불러 보련다

오랜만이네요
이렇게

겨울에 만나는 바다는

있던 곳에
머물러

생각이 났어요

그리운 마음에
불러 보니

파도가 위로하네요

| 10.

사랑이 되려는
수줍은 마음은

잠들기 전 껴안는
다리 사이의 베개처럼

달무리 없는
하늘처럼

조금만 기다려 주세요

낮에는 따듯해서 봄날 같지만
해가 지면 꽤 추우니까요
조금만요

금방이면 봄이 올 테니까
꽃이 필 때까지만
따듯해질 때까지만
기다려 주세요

12.

칠흑 같은 밤에도
꽃은 피고

거센 파도 속은
고요하듯

악한 마음에도
온정이 있을 테지

그저 서 있는 곳에
온도 차이일 뿐이겠지

찢어지는 하늘 아래로
유난히 빛나던 햇볕이
이리도 고마워라

긴긴 시간 거슬러
포개 여미는 마음보다
비워 내는 마음으로
사랑이라 하려 하네

14.

당신의 어여쁜 입술이
퇴색되어 짙은 어둠이
내리더라도

잊지 않으렵니다

기억합니다
생기있게 부르던
목소리 그리고

입 맞추던 그 입술을

15.

아직 바람결에 흔들리는
나무로 된 창이 좋다

걸을 때마다 삐걱거리는
마루가 좋다

처마 위로 떨어지는
빗방울이

모락모락 피어나는
굴뚝의 연기도

온전히 별을 볼 수 있는
깜깜한 밤하늘마저

바람에 쉬었다 가듯
그 향수가 좋다

16.

별이 빛나는 줄 모르고
인제야

하늘이 어두워져서야
별이 빛나는구나 했네

17.

커튼 사이로 스며
환희 밝아지면
어제 일들은

사실이 아닌 거겠지
무거운 눈꺼풀이
젖은 베개가
거짓말이겠지
떨어지는 빗방울이

그래도 위로가 되려나

꽃이 피었던
사실은 벅찼지만

꽃이 시든 이유는
별일 아닌 거죠

그저 계절이
지나갔을 뿐이죠

| 19.

이 마음이
이 심정이

닿기를 바라요

붉은 입술이
발해지는 날까지

어여쁜 목소리가
가벼워지더라도

이 마음 변치 않고
닿을 수 있기를

20.

밝은 빛에 환해지는
마음은 진심이어라

떠나면 언제쯤
다시 만날지 모를
우리이나

다시 만나게 된다면
그때는 사랑이어라

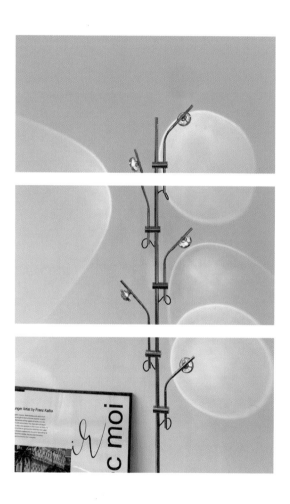

50
51

21

그리 오랜 시간

함께 하지 못하였더라도

깊은 마음이겠냐
하겠냐마는

그래도 그렇더라도
짧은 시간

나눈 마음이어도

쉬이 생각하지 않고

부디 그 마음이 전부이기를

22.

어느 때를
추억하나요

마음이

어디에 있는지

꽃이 피었음에
봄이 아니고

겨울이 왔음에
봄을 기다립니다

23.

아직 우리가

만나지 못한 이유는
수만 가지

수천 가지겠지만

단 한 가지
이유로 만나

사랑을 하게 된다면
그런다면

24.

겨울을 좋아해서

꽃이 활짝 핀
봄날

문득 찾아온
꽃샘추위에

기분이 좋아집니다

꽃이 떨어지는 줄도
모르고

25.

꽃이 핀 것에
감사함을 저버리고

죽어 버린 꽃에
물을 주려 하네

26.

바람이 아니길
바라더라도
지나가면
바람이니까
결국

무너지는 건
내가 될까요

27.

그대의 하루가
그대를 바라보는
나의 시간이

조금만 느리게
흘러가길

28

읽지 않은

탁상 위의 책처럼
그 위로 자욱하게
쌓인 먼지처럼
머물러 있기를

| 29.

그대는

다른 시선으로
다른 모습으로

세상에 비치지 않은
나를 사랑하네

그대는 나의 진심이다

2부

새벽

30.

흘러가는 시간
멈춰 세우고

차가운 밤마저
적셔 버린다

31.

희미해지는
기억 사이로
흩어지는
잔상들로

하루에 하루를
더해
미련하도록

깊어져 멀어진다

쿵쾅쿵쾅

가슴이 울리는 소리
넓게 퍼져나가
잔잔한 마음에
파문을 그렸으면

33.

아득히 멀어지는 것들에
머물러 미련을 두지 말자

그리던 순간이 아니더라도

그 틈에도 꽃이 피어날 테니까

34.

여름이 지나가나보다
그리고 가을이 오나보다

그렇게 모든 순간이
바람이 되어 날아가고

우연처럼 돌고 돌아
처음이 되어 맞이하겠지

구월에

날이 저물도록

생각에 젖어 버리면
긴긴밤

별이 지는지도 모르게
볕이 드는지도 모르게

꽃의 침묵이란
잎을 활짝 피고
그리고

잊힌

마른 잎을
떨구는 일

| 37.

하나의 나뭇잎이 떨어지는 일이 그냥 떨어지는 일은 아니다
짧지만 긴 세월을 의미 있게 흘러가는 길이다

38.

해가 지기 전에
가장 아름다운
모습 그대로

사랑하는 모든 것들을
사랑해야지

지금, 이 순간에
해가 지기 전에
비로소 지나고 나면

아름다운 것들에 대하여

39

축축이 젖은 길 위로
신호등 불빛이 번지고
초록빛이 다 젖도록
모르고 머무르네

40.

죽어 버린 것에 마음을 담아
기억 속에 오래오래 머문다면

말도 안 되는 바람이 이뤄질 수도

41.

무너지는 순간이라면
의미 있는 장면 속에
함께 할 수 없음이다
혼자 머무는 장면 속에
무너지고 또 무너진다

| 42.

저물어 버린 오늘 그 시간 속에 남겨지더라도
긴긴 시간을 충분히 머물 만큼 그리워할 만큼
그리도 나는 그대를 깊이도 사랑을 하였구나

Even if the road is not flat also alsoshould make oneself of the sun.

if i had a single flower for every time
i about you i could walk forever in my garden

you had me at hello

The butterfly counts not
months but moments
and has time enough

뜨문뜨문

두서없이 남아있는 앨범 속 사진 중에
서로 바라보며 함께 웃던 모습 중에
너를 바라보며 웃던 모습만이 남아있네

| 44.

꽃이 피면 피는 것에 오롯이 감사하고
꽃이 지면 지는 것에 마음 쓰지 않기를

| 45.

가난하게 꽃이 피어 봄이 부시다
손길이 닿지 않는 곳에서도
소리도 내지 않고 조용하게
시선에 내색조차 하지 않고
겨울의 마지막 장을 넘긴다

46.

한강에 벚꽃이 피면
넘실거리는 향기에
추억은 더해가고
그리움은 덮여간다
그 봄날에 우리는

47

사실 이유는 없었다
소중하던 흔적들이
바래지고 바래져서
필요했을 뿐이었다
그해 우리는 그렇게

48.

꽃잎이 바람에 흩어지고 나면
그 봄날은 그 계절에 남겨두길
오래 기억 속에 담아두지 말길

49.

이른 밤 별이 지기도 전에
그대는 운명처럼 머무시다
우연으로 스쳐 가시려나요

50.

한 걸음 한 걸음
함께 걷던 걸음 모두
빈 걸음이 되었다
뒤돌아 본 발자국은
나의 흔적뿐이었다

51.

나는 사라지는 것들을 사랑하네
나의 하루는

옅어지는 향기를 사랑하는 일

나의 하루는

지난날의 체온을 기억하는 일

어떤 날에는

또 어떤 날에도
순간마다 찬란하더라

머물던 모든 날
어떤 찰나에도

사랑이 아닐 수 없더라

가슴에 담으니
숨이 되었고

하늘에 묻으니
별이 되었다

흘러가는 흑백 풍경 속에
색을 입히며 살아간다

캄캄한 우주 속에

빛을 수 놓으며 살아간다

그 빛나는 순간들이
하나의 별이 된다

54.

어느 날에는
어느 날에

파도처럼 밀려와
바짓단만 적시고

어느 날에는
어느 날엔

바람으로 불어
머리칼만 흩트리네

55.

까마득한 그곳에
내려놓고 더 없이
부서지고 부서진다

모양도 없이
마음도 없이
부서지고 부서진다

언제일지 몰라서
어디인지 몰라서
무심하게 부서진다

한 줌 바람이 불어
파도가 밀려오면
날이 저물도록
흘려보낼걸

날이 저물면
별이 지도록
모습 그대로
흘려보낼걸

57.

별을 따라
밤을 헤매다
긴긴 시간이

더 없이 짧기만 해서
마주칠 수 없어

그곳에 두고 오자 하네

걸음마다 당신이 밟혀서
자국마다 온통 그리움이라
시선마다 당신 생각뿐이라
걸음을 옮기지 못해요

마음을 따르니 사랑인데
그대를 따르니 이별이라
달빛이 너무 좋아서
쉬이 갈 수가 없어요

3부

그리고 아침

59.

별이 되어 밝게 빛나
잠시라도 보았으면

바람이 되어 지나가다
온기나마 느꼈으면

제일 예쁜 꽃으로
아니고

단단한 돌멩이로
그렇게

흔하디흔하게

만나자 그렇게 만나자

| 60.

여름날 추억이

한 줌 바람이 되어 흩어져 버렸는데

해변에 새겨 놓은 마음이

파도에 닿지 않아 지워지지 않고

그날에 노을이 저물지 못해
아직 남아 있네

61.

한밤에 비가 오려나
달빛에 비친 먹구름
물방울만 가득하네

습한 바람에 딸려
흘러가는 계절
어찌 그리 슬퍼

마른 이부자리
적시어 가며
별을 세나

촛불 한 자락
피어난 자리에
이 밤도 스친다

| 62.

흐트러진 구름 사이
밝게 빛나는 저 달이
내리는 작은 위로가
마른 마음을 적시고
축축해지면 그렇게
쓸려내려 떠나가네

63.

바람이 지나가듯
비가 내릴 때처럼
눈이 오는 것처럼
별일 아닌 것처럼
해가 뜨고

달이 뜨는 것처럼
아무 일 아닌 듯이
그냥 그렇게 지내자

64.

별을 보러 가야지
잡을 수 없는 빛을
담을 수 없는 빛을

세상이 잠들면
별을 만나러
길을 나서야지

65.

눈을 감으면 선명했던
기적 같았던 기억들이
더 이상 잡히지 않을
꿈처럼 부서지네요

그때의 온기가
아직 남아 있는데
닿을 수가 없어서

잠시나마 무너지네요

66.

살짝 스치듯 한 설렘도
가장 가까운 사이이지만
아직 어색하던 손길도
그 어떤 말에 기대하고
넘실거리던 마음 모두

거기 골목 어귀에 남아 있네

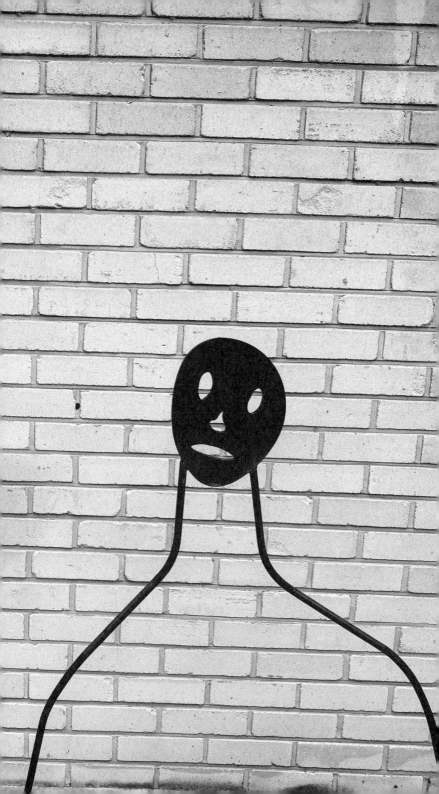

67.

해가 들지 않는 마음에
빛이 스미는 일이란
덧없기만 해서

기다리던 밤마저
어제와 달라
쓸쓸하기만 하네

지독하게도
의지와 상관없이
아침을 맞이하고

창문 너머로
침묵한 세상이

붉어지면 모르겠다 하네

68.

늦은 이 밤을 미뤄 보내네

오늘 날씨가 너무 좋아서
아른거리는 추억을 담아

오늘 하루를 보내기에
아쉬움이 남아

잡아 두지 못할 그날을
늦은 이 밤 아로새기네

| 69.

아무도 찾아 주지 않아도

아침에 햇살이 찾아와 깨우고
저녁에 노을이 빛나며 반기고
밤에는 달빛에 안겨 포근하다

아무도 모르게
포근해

70.

깊이 있는 그대 눈 속에 담긴
반짝이는 별들의 모습이
추억으로만 남길 바라지 않아요

71.

멈춰 있는 시간 속에
서 있는 마음에게
다가가고 싶어

세상의 모든 빛을

모든 소리를 우리의 시선과
목소리로 채우고 싶다

너무 느리지 않게
너무 빠르지 않게

나란히 오래 마주하고 싶다

쓸쓸한 밤을 위로하듯
한밤에 별빛이 피어나면

세상에 빛들이 번져
색색깔 꽃밭을 이루면

함께 좁은 곳으로 올라
그 향기에 젖고 싶어

아끼는 마음들을
묻어버리고 나면
차라리 편하려나

찻잔 앞에 마주 앉아
축축하게 젖어 드는
아끼던 생각들

별처럼 구름처럼
쓸쓸한 하늘에
아름다운 것처럼

74.

짙어지는 어둠 사이로
조용한 밤공기에 취해
가만히 보고만 있어도
가슴이 벅차올라 부디
작은 소리로 바라본다
이 새벽에 빛나고 있는
이름 모를 저 별들에게

| 75.

내일은 오지 않을 것처럼
새벽에 별을 가슴에 담아

반짝이는 그 별 곁에
오래 머물고 싶어

그 별이 반짝이는 순간을
오래 보고 싶어

새벽이 짙어질수록

그 마음은 더 깊어지네

76.

생각을 뒤로한다
그래서 떠나지 못하고
나아가지 못했다

날이 저물도록
해가 바뀌도록
사라질 것들은
스쳐 가는데
바뀌어 가는
계절 탓만 하네

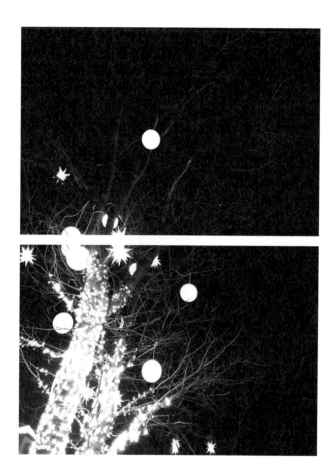

77.

함께 걷던 빗속에서
별들이 쏟아지는 공간
혼자서 하는 약속은
부디 사라지지 않기를
바라는 마음이었다

78.

놓아주련다

추억들은 묻어두지 않고
바람에 흩어지도록
놓아주자

저 바다의 끝에서도
마주치지 않게

그래서 마주하지 않게
놓아주자

꽃다발 같은
너의 말들은
지지 않을 봄이었다

하루하루가
청혼이었다

사랑이 아닐 수 없었다

| 80.

천천히 오가는
하루 속에서

내색하지 않은
그런 마음들이

어떤 의미의
결말이 되어
지나갔을까

하려던 이야기는
바람이 불어
날아가 버렸다

바람에 묻어야 했다

아무런 말도
듣지 못하고
떠나가는 모습을

가슴에 묻어야 했다

82.

노을이 예뻐서
손을 내밀었더니

세상이 붉게 물들었다

수줍은 웃음이
마음마저 붉게 물들여
붉은색 밤이 피었다

83

그 밤하늘을 뒤로 하고
수많은 밤을 헤맸습니다

파도가 부서지게
등을 지고 걸었습니다

바람이 지나선 길을
접어둔 채 걸었습니다

잃어버린 마음을
찾고 싶어서입니다

84.

매년 오는 풍경인데
이 모습은 점점 늙어

구부러져 멀어져 가는구나

그때 생각에
웃음이 번져도

웃음소리는 들리지 않고

하물며 가야 할 길이 먼데
기억해야 할 진심이 많아
여울져 가는 계절을 지나가네

85.

세상에 어둠이 내리면
비추는 밝은 빛 하나에
기대어 잠을 청하면
마음에 온기가 번집니다

온전히 그대를 느낄 수 있습니다

86.

생각해 보면
그렇게 추웠는데

세상에 꽃이 내리고
너무 포근한 겨울이었어

네가 내게 걸어올 땐
세상이 다 예쁜 거 있지

87.

오랜 풍경 속
멈춰버린
시계 마냥

눈이 부시던
뜨거웠던
추억 마냥

꽃다발 같은 말들은 지지 않을 봄이었다

발행일 : 2023.09.30

글 | 양민석
편집 | 정애영
펴낸이 | 정윤화
펴낸곳 | 더모스트북
디자인 | 하정윤

출판등록 제2016-000008호
주소 강북구 인수봉로 64길 5
전화 02-908-2738
팩스 02-6455-2748
이메일 mbook2016@daum.net
ISBN 979-11-87304-46-3(03810)
정가 13,000원